살아서는
하나의
원을 세우고　　죽어서는
　　　　　　　원 없이
　　　　　　가게 하라

살아서는 하나의 원을 세우고
죽어서는 원 없이 가게 하라

발행일	2018년 5월 11일

지은이	유 명 술		
펴낸이	손 형 국		
펴낸곳	(주)북랩		
편집인	선일영	편집	오경진, 권혁신, 최예은, 최승헌
디자인	이현수, 김민하, 한수희, 김윤주, 허지혜	제작	박기성, 황동현, 구성우, 정성배
마케팅	김회란, 박진관		
출판등록	2004. 12. 1(제2012-000051호)		
주소	서울시 금천구 가산디지털 1로 168, 우림라이온스밸리 B동 B113, 114호		
홈페이지	www.book.co.kr		
전화번호	(02)2026-5777	팩스	(02)2026-5747

ISBN	979-11-6299-128-2 03810 (종이책)	979-11-6299-129-9 05810 (전자책)	

이 도서의 국립중앙도서관 출판예정도서목록(CIP)은 서지정보유통지원시스템 홈페이지(http://seoji.nl.go.
kr)와 국가자료공동목록시스템(http://www.nl.go.kr/kolisnet)에서 이용하실 수 있습니다.
(CIP제어번호 : CIP2018014062)

(주)북랩 성공출판의 파트너

북랩 홈페이지와 패밀리 사이트에서 다양한 출판 솔루션을 만나 보세요!

홈페이지 book.co.kr • **블로그** blog.naver.com/essaybook • **원고모집** book@book.co.kr

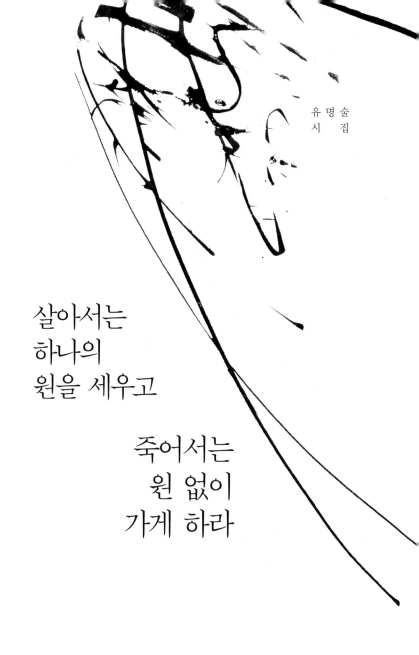

유 명 술
시 집

살아서는
하나의
원을 세우고

죽어서는
원 없이
가게 하라

북랩 book Lab

머 리 말

　어린 시절 나는 내가 누구인지, 어디에서 와서 어디로 가는 것인지, 죽으면 어떻게 되는지, 나는 무엇을 위하여 태어난 것인지에 대한 근본적인 물음에 빠져 끊임없이 해답을 갈구한 적이 있었습니다.

　그 해답을 찾기 위해 수많은 철학 서적을 접하기도 하고, 종교 서적들을 뒤적이기도 하였습니다. 그러다 어느 날엔가 행복을 찾아 세상을 떠돌다 지쳐 돌아와 누운, 어느 사내와도 같이 행복이 바로 누운 그 자리에 있었다는 것을 깨닫게 되는, 그러한 경이로운 순간을 가슴으로 절실히 느끼면서 스스로 놀라지 않을 수 없었습니다. 그렇게 목말라하던 그 해답들이 생각지도 않았는데 실은 내 안에 그냥 그렇게 항상 있었습니다.

　왜 우리들은 그러한 단순한 이치를 바로 깨닫지 못하는 걸까요? 너무나 평범한 것은 오히려 잘 드러나지 않습니다. 드러나지 않기에 소중한 것들이 있습니다. 우리가 늘 마시고 내뱉는 공기가 그렇습니다. 또한, 늘 함께 살아가는 가족들이 그렇습니다. 그 외에도 소중한 일들, 소중한 것들이 많이 있습니다. 이들은 너무나 평범해서 알 필요가 없는 것들입니다. 하지만 결정적인 순간이 오면 무엇이 소중한지 절실히 깨닫게 되는 것입니다.

저는 깨달았습니다. 항상 깨어 있어야 한다는 것을 말입니다. 소중한 것들을 소중하게 여기고 끊임없이 챙겨야 한다는 것을 말입니다. 나와 밀접한 모든 것들을 사랑하고, 감사하고, 고맙게 여기게 되는 순간 나와 너 그리고 이것과 저것이란 일체의 경계가 허물어지기 시작합니다. 경계가 무너지면 세상 사는 일들이 참으로 편해집니다. 아직은 세상 사는 일에 미련 많은 사람이라 하나의 원을 세우고, 원 없이 가고 싶은 저이지만, 다음 생애에는 또 다른 못다 한 인연들을 다하기 위해 태어나기를 기대합니다.

이 책을 접하시는 모든 분께 세상을 바라보는 혜안이 열리기를 바라면서 사랑하는 모든 사람에게 이 책을 바칩니다.

2018년 4월 어느 날
유명술

2부 _ 그리움

3부 _ 마음의 소리

4부 _ 살아서는 하나의 원을 세우고

1부

일상 속에서

소망

나는 어여쁜 그대를 사랑해서
그대와 나는
폭폭 눈 내리는 깊은 산골로 간다

산골로 가서 문명에 찌들은 때를 벗고
별빛 달빛 비쳐드는 창살 문에 기대어
까만 하늘 애살 궂은 속닥거림으로
별을 헤리라

별을 헤다
달도 별도 자취를 감추면
감추어진 뒷얘기들 속에
곱살한 옛이야기들 주워 담으며
밭 갈고 쓰러진 나무 주워다
군불 때는 일로 하루를 소일하리라

병이 들고
기력이 쇠해지면
오가는 이 없는 깊은 산골에
작은 오두막집
뼈를 묻을 불을 피우리라

소복이 쌓인 눈이 녹아내리고
몇 해가 가고
그대와 오가던 지나간
발자취 흔적을 감추면

그대와 나는
깊은 산골에서
아침엔 잠이 들고
밤이면 깨어나
메이지 않는 몸으로
아무도 오간 적 없는 길을 따라
저 하늘의 별들을 오가리라

「나와 나타샤와 흰 당나귀」란 시인 백석의 시를 개인적으로 너
무나 좋아해서 백석 시인의 시 형식을 빌어 언젠가 글을 쓰고
싶었습니다. 해서 이 지면을 통해 한 편 올려 봅니다.

성대 수술

잔인하다 잔인해
잔인하다 못해서
추하다

절가에 키우던
백색의 진도견이
어느 날엔가 입만을 벙긋댄다

이기심이 만들어 낸
잔인함의 극치

가엾은 마음에
혀를 끌끌 차던 내게선
그러한 일이 없을 줄로만 알았다

백안(白顔)의 딸
절에서 흘러들어온
족보 없는 강아지

귀엽다고
가엾다고
거두었다

주택지에선 그나마
앞집 옆집 얼굴 보며
이해하고 지냈었는데

이놈의 아파트
개성이 뚜렷한
이기주의자들의 집합체에서는

2년이란 시간이 지났음에도
강아지 짖는 소리에
별난 아낙네들
반상회가 되면 앙탈들이다

누구네 집에선
강아지가 짖는다고
멀리 버렸다는데

멀리 버린 놈
찾아와서
더 멀리 버렸더니
찾아오지 않는다는데
그렇게라도 해야 한다는데

"차마 인간의 탈을 쓰고
그 짓을 어찌하느냐?"는 말에
달아오른 아낙네들 이구동성으로
성대를 제거해야 한다고 생떼를 쓴다
그게 예의란다

멀쩡한 목에 칼을 들이대야 하다니
성대를 잘라내면 그 갑갑증은 어쩌라고

말 못하는 짐승이라 하지만
최소한의 본능을 억누른다는 것은
참으로 이기적인 발상이 아닐 수 없다

어기가 차고
기가 막혀서 말도 나오지 않는데

이 이해할 수 없는
발상의 근원지를
떠나 살 수 없는 처지가
더러워서

내 집의 강아지는
짖지도 못한 채
누군가의 발소리에
입만을 벙긋대다
차오르는 숨통에 컥컥댄다

재산 목록 1호 너를 보내며

참으로 이제는 보내야 한다
기나긴 시간을
우리의 다리가 되어온 티코

1995년 10월생
어렵살이 살림에
700만 원이란 거금을 들인
재산 목록 1호

5년 전
어렵살이에
팔려 갈 뻔한 티코

그리고 또 3년 전
폐차장 문 앞까지 갔다가
돌아온 티코

생명이 없어도
오랜 정이 깃든 탓에
차마 보내지 못했는데

잦은 고장에
잦은 헐떡임

먼 곳
험한 곳
바삐 설쳐대는 시간들
네가 있어 우리 가족은
행복하게 편히 지낼 수 있었는데

미련은 늘 아쉬움처럼 남겨지지만
그나마 네게 떠날 기회조차 주지 못했다

이젠 네게
고된 생애의 미련들을
내게서 떨쳐 버릴 수 있는
기회를 부여한다

그간 네가 있어 행복했었다
나의 슈퍼 그랑조 티코
안녕

아름다운 풍경 1
— 목욕탕에서

서른 중반의 아비가
어린 자식을 눕혀놓고
때를 밀어낸다

아이는 여린 살결에 닿는
때수건의 까슬까슬함에
아야야를 연발한다

팔순이 넘는 노인네가
아이 예뻐
아이 예뻐라
아이를 어른다

한때 아들을 앞세우고 목욕을 가는 것이 하나의 소원처럼 생각
되었던 적이 있었습니다. 그래서인지 나의 잠재의식 속에서 딸
뿐인 내게 그러한 모습이 아름답게 비추어졌나 봅니다.

아름다운 풍경 2
— 버스 안에서

북적거리는 좁은 공간을
꾸역꾸역 삼켜대는 버스

나이의 많고 적음도 없이
서로를 밀치고 밀고 들어오는 사람들

자칫 넘어지면
누군가의 발길에 밟혀
죽을지도 모를 일

[중국에선 명절날 고향을 찾는 귀향(歸鄕) 인들이 수많은 인파
에 밀려 죽어나는 일이 허다하다고 들었다. 누군가의 라이브 쇼
에서도 공연을 마치고 나오는 도중 어린 소녀들이 인파에 밟혀
죽었다지.]

복잡한 버스 안 미친 듯이
질주하는 운전기사
좌우로 흔들리는 사람들의 비명
살점과 살점이 부딪치며 나는 색색거리는 신음

목청 높은 한 사내가 적응되지 않는다는 듯
신경질적으로 ×새끼, ×팔놈
욕을 허공에다 해 댄다

덕분에 버스 안은 급격히
정적에 잠긴다

(×친놈. 혼자만 괴로운 것도 아닌데….)

몇 분이 흘렀다
누군가가 정적을 깼다
"엄마! 여기 자리 비었어~."
엄마가 복잡한 군중을 낑낑거리며 뚫고
딸에게로 간다

(삼십 대의 딸과 육십 대를 넘긴 듯 보이는 엄마)

모녀가 나란히 한자리에 앉았다
엄마는 딸의 머리를 왼팔로 끌어당기며
"한참을 더 가야 하니 좀 자거라."며
가슴에 묻는다

모자란 듯 보이는 딸과
딸애를 가슴에 묻고 가는 엄마

딸은 그 모자람과 영리함에 관계없이
여전히 가냘픈 딸일 뿐이고
엄마는 딸을 항상 걱정하며 지켜주는
엄마일 뿐이다

꼴불견
— 출근길에서

열일곱 혹은 열여덟 정도 되어 보이는
머스마와 가스나가 한 손을
어깨에 두르고 허리를 감싸고 간다

또 다른 한 손에는 플라스틱에 빨대가 꽂힌
음료수를 들고서 쪽쪽 빨고 간다

머스마는 음료수를 다 마셨는지
건널목 신호등 앞에서
신경질적으로 음료수를 패대기친다

아무런
아무런 이유도 없이

굳이 이유라면
다 마셨다는 이유일까?

옛말에 토사구팽(兎死狗烹)이란
말도 있지만 여기엔
적합지 않는 말 같다

초구(草狗)와 같다는 말도
맞지 않는 것 같고
글쎄, 잘 모르겠다

적합한 말이 떠오르지 않는다
무엇이 이에 합당한 말인지

안도현 시인의 〈너에게 묻는다〉란 시가
여기에 어울릴까

연탄재 함부로 발로 차지 마라
너는 누구에게 한번이라도
뜨거운 사람이었느냐

어쩐지 이것도 아닌 것 같고

소견 좁은 나로서는
그냥 가스나에게 잘 보이려고
힘 한번 주는 것 같다

누가 그 머스마에게 그런
용기를 줬는지

만용(蠻勇)이란 단어가 퍼뜩 떠오른다

그렇다고 누가 알아주는 것도
아닌데, 어깨에 잔뜩 힘을 주고
"크하하하!" 웃으며 뻐기는 모습이라니

하기야
어깨에 팔 걸고
허리를 감싸안고 가는
그 가스나는
잘했다고 "와우!"
소리까지 지르며 감탄사를
쏟아내는 것을 보니

그 남자
그 애
그 머스마가
멋있어 보이는 갑다

똑같은 연놈의 부류라는 이야기다

여든아홉의 장인

여든아홉 노인의 눈에는
모든 스쳐 지나고 만나는 새로운 인연들과
맺어온 인연들이
어떻게 비쳐드는 것이기에

본인의 생일을 위해 모인 가족들과의
만남을 뒤로하고
짧은 인사치레만을 던져 놓은 채
지팡이 하나에 의지하고서 도롯가로 나가
전봇대에 끈을 묶어 놓은 의자 위에 앉아서
횡하니 지나다니는 차들의 바람 소리만 듣고
계신 것일까?

어쩌면 도로를 지나다니는 차들을 바라보고
계신 것이 아닌지도 모른다

초점 읽은 동공은 멀리 바라보이는 오랜 세월
자신이 나기 이전에 아버지, 할아버지, 증조부,
고조부
육대에 걸친 터를 함께 지켜온 산을 바라보고
계신지도 모를 일이다
그도 아니라면 오랜 세월 벼를 심고 거두어들여

2남 5녀 키우고 시집·장가 보내었던 도로 너머
논을 바라보고 계신지도 모른다

불, 칼 같은 성격에
자식 놈들 밭으로 논으로 불러들여
조금이라도 늦게 도착하노라면
윽박지르던 기운은 모두 어디로 흘러보내시고

일제 징용 도망 나와 만주로 돈벌이
나섰던 일이며
육이오 전쟁 전장에서 내달렸던 일들이며
입담 좋았던 기억들은 또 어디로 사라진 것인지

귀는 어두워 몇 번을 묻고 답해야 옳은 답을
얻을 수 있으며
금방 보았던 자식 놈들
너 왔느냐고 해놓고선 또 언제 왔느냐 되묻기를
되풀이하시는 늙은 내 장인은
도롯가의 먼발치 어떤 기억들을
허공에 되새기고 계신 것일까

큰 손자를 작년 9월에 장가보내고
이젠 여한이 없으시다는 말씀이
낯설지 않게
여든아홉 장인의 희망은 이제
지난 아픈 기억들을 지워버리고
기뻤던 일들을 가슴속에 차곡차곡
쌓여 놓으며 지난날들을 정리하고 계신지도
모르겠다

사람은 한순간에 늙어지고
변해간다고 하지만
몇 년 사이 너무나 늙어 버린 장인의
초췌해진 모습에

나는 가슴 아파지는데
전주 앞 의자에 걸터앉은 장인과
황금빛 누런 땅 펼쳐 보이는 논
도로 너머의 산은

전원 한 폭의 그림과도 같이
어찌 그리 아름다운 것인가?

일기 1
— 산행

갈잎 호젓한 길을
아내와 배낭을 메고
걸었다

금강원에서
고담봉까지 7시간을
도시락 싸 들고

가파른 오르막에서 시작된 산행
이마에 맺힌 땀방울
때늦은 벚꽃 몽우리에
힘겨움을 쉬어 가고

청룡사 암자 드러나니
점심 공양 시간
지나는 길손마다
국수를 대접한다

부처님 보리심(菩提心)에
국수 한 그릇 후루룩 해치우고

지체한 걸음
재촉하니 이내 능선 길
시원한 바람
산길 속에 가슴 설레어

아내와 난
얼른 입술을 맞댔다
행여 누군가 지나칠세라
황급히 얼굴 붉히며

이만치 저만치
모르는 이 마냥
떨어져 가다
어느샌가 맞잡은 손
하산 길 접어드네

일기 2
— 사랑

꽃, 꺾지 마라
꺾어 드는 순간부터
그 아름다움
그 향기
잃어 가나니

사람아

딸애의 선물

출퇴근 통근 버스에서
멍하니 창문을 바라보던 시간에
한 권의 시집을 꺼내 듭니다

밥을 먹고 탁구를 치고 난 후의
나른한 시간에도
한 권의 시집을 꺼내 듭니다

바빠 서두르며 일을 끝내고
잠시 쉬는 틈에도
한 권의 시집을 꺼내 듭니다

비록 외우지는 못해도
한 권의 시집을 몽땅 읽고 나서도
이 한 권의 시집을 틈이 나면
다시 꺼내 듭니다

읽어도, 읽어도 새롭게 다가오는 내용들
내 큰 딸애가 준 선물이기에
더욱더 소중히 가슴에 품고
새겨 읽습니다

먼 훗날의 모습

열탕을 식히기 위하여
찬물을 콸콸 틀어놓은 아흔의 노인
꽥꽥 고함지르며 온탕으로 가라며
찬물의 수도꼭지를 잠그고 가버리는 중년

중년은 뭔 분이 덜 풀렸는지
"저 노인네만 오면 열탕 물을 다 식혀 놓는다."고
씩씩거리며
대중을 향해 신경질적으로 폭언을 쏟아낸다

노인은 슬그머니 열탕에 숨죽이며
쪼그려 앉는다

때밀이 기계 앞에 서서
스위치가 말을 듣지 않는다며
목욕하는 주변 사람들에게 도움을 요청하는 노인

들은 척, 마는 척하는 젊은이들
파란 버튼을 누르라고 고함치는 중년들
노인은 파란 버튼도 눌러보고
빨간 버튼도 눌러보고 돌아가지 않는
때밀이 기계에 어찌할 줄 모른다

슬며시 옆을 지나며
파란 버튼을 꼭 눌러주고서 냉탕으로 가는
나를 바라보며 환하게 웃는 천진난만한 노인

탈의실에서 옷을 갈아입으며
"목욕 가방이 없어졌다."고
"세상이 어찌 이리 믿을 수 없는고!"라고
고함치며 울분을 터뜨리는 노인

주변을 둘러보니 탈의실 한 중앙의
평상 위에 놓여 있는 가방 하나
"이것 아닌가요?" 가져다주니
"이게 왜 그곳에 가 있지?"라며
머쓱한 미소를 지어 보이는 노인

이를 바라보고 서 있던
젊은이와 중년들이
쯧쯧거리며 고개를 젓는다

그게 그들의 먼 훗날의 모습일진대

괜한 약속

기다림이 길어지면
불안해지는 것을

괜한 약속을 해놓고서
마음만 졸인다

약속 날짜에 오지 않을까 염려되어
안절부절못하는 모양이라니

횡설수설 이리저리
밀려드는 고민
아, 어찌할까

가게 아주머니께선 미리 준비해놓은
돼지 삼겹살 수육을 삶고 계시는데

광주에서 출발한 홍어는
소식이 없다

광주에서 주문한 홍어가 택배로 출발한 지 이틀, 오늘은 홍어
가 도착하는 날입니다. 퇴근길에 들리겠노라 말씀드려 앞 가게
아주머니께 8명에서 족히 10명이 먹을 상추, 마늘과 신 김치를
장을 봐서 준비해주고 수육도 준비해달라고 했습니다. 그런데
시간은 자꾸 가고 퇴근 시간은 임박해 오는데, 오라는 택배는
오지 않아 실없는 사람 만들까 봐 가슴만 졸인 하루였답니다.

여름도 아닌데

여름도 아닌데
비가 엄청 쏟아붓는다

태풍이 불어 닥치는 듯
거센 바람에 거꾸로 접혀 드는 우산

소용없는 몸부림
거침없이 파고드는 비바람

눈이라면 엄청 쌓였을 테지만
비라서 그나마 다행스럽다

이 비가 가시고 나면
급격히 기온이 떨어진다는데

조만간 한라산 꼭대기
하얀 눈 드러내겠지

눈 내리는 이맘때면
아내가 온다

출장길에서
― 자동문

서울행 고속열차를 탔다
넓은 입구가 여느 열차와 다르다
문을 열어 객실로 들어서려니
자동문이라는 문구가 눈에 들어온다

가만히 서 있었다
한참을……?

문이 열릴 생각을 않는다
마침 생각이 나는 것이 있어
불룩 튀어나온 둥글고 긴
손잡이를 터치했다

문이 열리지 않는다

뒤에서 기다리고 서 있는 사람들
무관심하기 그지없다

때마침 동료 하나가
줄을 비집고 들어와서 문의 손잡이를 비튼다
문이 주르륵 밀려간다

졸지에 촌사람이 된 기분이다
어찌나 황당하던지
자동문에 대한 관념을
떨쳐버리지 못한 채로
마음속으로 구시렁댄다

왜
자동문이 아닌 것을
자동문이라 표기한 것인지

사람을 우습게 만든 철도청을 향해
항의라도 해야겠다는
생각을 하면서

피식
터져 나오는 웃음을 참아야 했다

'불닭뽁음면'의 시식 후기

얼마 전 입사한 아들 같은 막내 동료 놈
'불닭뽁음면'을 먹어 보고는
입술이 불어터지는 것 같다길래
매운 것을 좋아하는 나의 호기심이 발동해
아내로 하여금 사놓기를
간곡히 부탁해 놓았더니

때마침 슈퍼를 지나다
비치된 것을 보고
사놓았다고 휴대폰의 메시지가
띵똥 울린다

회사 근무를 마치고
집에 들어서자마자
냄비에 물을 넣고 요리를 한 다음
시식해 본 결과
생각에 미치지 못하는 매운맛에
휴대폰을 꺼내어 들고는 막내 동료 놈의
전화번호를 찾아보았지만
그놈에게는 다행인지 전화번호가 없다

다음날 막내 동료 놈을 만난 자리에서
삥쟁이라 옥박질러 놓았더니
이상하다는 듯 고개를 갸웃거리는데
그 옆에 함께 일하던 다른 동료가
"형님은 인간이 아니다 아니가.
그라이 그 매운 것을 못 느끼제."라며 막내 놈의
편을 은근슬쩍 든다

그러나 싫지 않은 그 말에 우리는 한바탕
웃고 나서 맛은 괜찮았다는 평을 하며
나는 막내 동료 놈의 또 다른 제안에
호기심을 발동시킨다

짜장라면과 함께 끓여 비벼 먹으면
기똥 찬 전혀 새로운 맛이 난다는…

늦깎이 총각이 장가를…

어제는 이상한 말을 들었다

늦깎이 총각이 장가를 갔다니

소식 없어 걸은 전화에
뜬금없는 소식이라 그런가
왠지 낯설다

전혀 결혼이라곤
하지 않을 것 같았던 네가

말만 결혼해야지
떠벌리던 네가

결혼을 했다니
실실 웃음을 흘리며 말하는
너의 말이 믿어지지 않았다

한때는 다정다감했던
우리들 아니었던가
뜸하니 소식 끊어진
어느 날 장가를 갔다니…

당혹스럽기 그지없다

오늘은 전화를 했더니
아기에게 분유를 먹이고 있는
중이란다

이 얼마나
살가운 일인가만은
나도 모르게 빵 터진
웃음을 참지 못했다

산적 같은 놈의 손에 아기가 들려
분유 병을 빨고 있는 모습이라니

하지만 그윽한 눈빛으로 바라보는
아기를 향한 너의 사랑이 느껴져
나는 행복하다

좋은 아빠, 사랑스러운 아빠가 되길…

헤어지면 남이다

헤어지면 남이 되는 것이다

살가운 날들도
괴로운 날들도
그대를 그리워한 모든 날도

헤어지면 남이 되는 것이다

오랫동안 사랑하자
말했던 날도

죽을 때까지 함께하자
말했던 날도

손가락 걸며
너만을 사랑하겠노라고
약속했었던 날도

헤어지면
모두가 거짓말이
되어버리고 마는 것이다

애당초 약속조차 하지 않았던 것처럼
마음의 상처만을 남긴 채 헤어져
냉정하게 등을 돌리고 살아야 하는
사람들이 되는 것이다

긴 세월이 무슨 소용 있으며
오랜 정이 무슨 소용 있을까?
헤어지면 그뿐

원망하지 않는 마음만이라도
간직한 채로 헤어질 수만 있다면
다행스러운 일이다

우리에게 그런 날이 오지 않도록
서로를 감싸안으며 배려하는 마음으로
오래도록 서로를 존중하자꾸나

사람아

금정산 산행기

막걸리 큰 통 하나에 작은 통 하나
참치 김밥 한 줄에 일반 김밥 두 줄
500㎖ 물통 두 개에 게맛살 두 개를
두 사람이 나눠 들고
식물원에서 북문으로 산행을 나섰다

부곡동에서 시작된 산행길
봄볕이 몹시나 따갑다

한 시간을 조금 넘도록 걸은 후에
쏟아지는 땀방울을 훔치며 고파오는
배가 우리를 쉬어가게 한다

개울가 흐르는 물소리에
잔잔히 들려오는 새소리가 반갑고
햇빛을 가려주는 높다란 소나무가 고맙고
넓게 자리한 바위가 고맙다

간간이 불어오는 바람에
땀방울 식어가고
막걸리 한 잔, 한 잔에
몸이 싸하니 달아오른다

온몸을 감싸 도는 약간의 취기에
세파의 묵은 때를 내려놓으니
풍요롭고 한가롭기가
신선이 따로 없다

한평생 이처럼
마음 내려놓고 살면
태평한 마음이 나를 떠나지
않으리라 싶다

흥에 취해
마냥 앉아 있으면 어쩌겠는가?
오른 산은 또 내려가야 하니
4분의 1도 못 오른 길에서
죽치고 앉을 수는 없는 일

넉넉한 마음 가지 하나 얻어 들고
가파른 길을 부지런히 오르니
멋 떨어진 바위 아래로 펼쳐진
우리의 도시가 빽빽한 건물로 채워져
세상의 각박함을 일깨워 준다

간간이 눈앞으로 펼쳐지는
산들과 아득한 절벽들에
넋을 놓고 인증 사진 한 장에
마음 뿌듯함은 어느새 정상으로 치달으니
평지가 우리를 반갑게 맞이한다

북문을 향하는 길에는
약간의 오르막과 내리막으로
이어져 있고

가는 길 곳곳에
얼굴 바위도 만나고
남근석도 만나고
바위 끝자락에 모진 생명력으로
몇백 년을 버텨 왔는지 모를
소나무도 만나니
자연의 경이로움이
새삼스럽게 다가온다

그렇게 목적지인 북문까지
대략 4시간 30분의 산행길
함께 해준 벗이 있어 더욱 좋았다

가끔은

가끔은 나의 바보스러움이
사람들의 웃음이 되고

가끔은 나의 무지가
사람들의 조롱거리가 된다

가끔은 천진난만한 나의 모습이
사람들의 놀림감이 되고

가끔은 나의 모자란 모습들이
사람들의 활력소가 된다

이 모든 것이 계획된 것은 아니지만
나는 자신을 부끄러워한 적이
단 한 번도 없다

서서히 다가오는 죽음의 문턱에서

서서히 다가오는 죽음의 문턱에서 나는 묻는다
죽음이 두려운가?
그렇다
나는 죽음이 두렵다

다시 맺지 못할 수많은 인연과의 이별이 두렵고
영원한 어둠 속에서 견뎌야 하는 외로움이 두렵다

평화롭고 고요하기는 죽음만 한 것이 없지만
살아있는 나로서는 지루한 나날들이 두렵다는 것
보다 싫은 것이다

누군가를 사랑할 수 있고
누군가를 그리워하고
누군가와 웃고 즐기는 행복을
느끼는 순간들이 나를 기다리고 있기에
아직 나는 죽음보다 이 삶에 더 애착을 느낀다

행복을 누리는 조건들이
다 좋은 일들로만 이루어져 있다고
생각하는 것은 착각이다
사랑하므로 겪어야 하는

기다림과 고독과 외로움과 고통이
나를 살아있게 하는 원동력이
되기도 하기 때문이다

만약에 우리의 삶에서
그러한 진통이 없다면
무미건조하리라

물론 탄탄대로를 달려갈 수도 있다
그러나 삶은 그리 호락호락하지 않고
나는 탄탄대로를 바라지 않는다

보아라
내가 걸어온 길을 자랑할 것은 없지만
내게는 사랑하는 사람들이 나를 기다리고 있고
나는 사랑하는 사람들의 속으로 걸어 들어간다

하지만 이제는 나의 이 몸이 나의 권리를
빼앗고 있다
운명처럼 나를 쓰러뜨리고 있는 이 무례한
몸뚱어리가 갑작스럽게 무너질 줄은 몰랐다

관리 부족은 좋은 말이지만
부서지고 무너지는 만큼
나의 삶은 많은 경험 속에서
나의 길을 걸었고
나는 그 오랜 세월을 건너 내며
이 자리에 서 있다

자랑할 만한 삶은 아닐지라도
부끄러운 삶 또한 살지 않았다
용기 있게 살지는 못했지만
구차하게 살지도 않았다

수많은 바람 속에 흔들리지 않은 나다
죽음이 그렇게 두려운가?
아니, 두려운 게 아니라 엄격히 말해 슬픈 것이다
이별하는 모든 것에게서 멀어져 간다는 것이…

아침마다 눈을 뜨면 겁이 난다

아침마다 눈을 뜨면 겁이 난다
찬 바람이 입속을 드나들 때마다
조여 오는 가슴과 목줄기의 근육들

어느 날 출근길에 갑자기 쓰러져
간다면 그뿐이지만 나를 바라보고
사는 시선들이 따갑다

삶의 무게를 짓누르던
지난날의 거센 바람들을
견디고 이기고 버티어온 나였지만

아무것도 아닌 이 찬 바람
하나에 겁이 난다
마스크를 꼭꼭 저미고
목도리를 꼭꼭 에워싸고
가슴을 데워도 쉽게 가시지
않는 가슴 통증에
따뜻한 물 한 잔을 마신다

서서히 가라앉는 심장이
안정을 되찾아 갈 때
안도의 한숨을 쉰다

그래
이 한숨이
나를 죽이고 살리는 것이다

2부

그리움

편지 1
— 그리움

봄이 왔음에도 봄을 알지 못하였습니다
산이고 들이고 꽃이 만발하였지만
꽃을 보지 못하였습니다

언양 작천정에서 만개하였다 지는
벚꽃들을 상상하면서 언제 사월이
다 갔는지도 모른 채
지나쳐 버린 시간을
뒤돌아봅니다

한 해가 갔음에도 무심하게
바쁘게만 왔나 봅니다

마음에 한 자락 여유도 없이
일에 매달리고 삶에 찌들어
애꿎은 날만 탓하고 섰습니다

벌써 두어 해가 지난
형과의 만남이 머언 이야기같이
느껴집니다

언제나 한 번 형의 얼굴을 볼 수 있을지
이젠 목소리마저 잊어버릴 지경입니다
시간이 가면 갈수록 내 가슴속에 파고드는 것은
서운한 것 없이 멀어져만 가는 형과의 지난날의
추억들만이 아쉬워질 따름입니다

이것으로 영영 형과의 인연이
끝나는 것은 아닌지 모르겠다는 생각이
드는군요

형의 불편한 몸이 우리를 이렇게
갈라놓으려 하는 것인지
세상이 구차해져 가는 까닭인지

세상과 담을 쌓아가는 듯한 형의
모습이 나를 슬프게 하는군요

비가 옵니다
그제도 비가 왔지요
허전한 마음 들기도 전에
바삐 바삐 흘러가는 시간들입니다

오늘의 이 여유가 가져다주는
서운한 마음이 빗방울 내리듯
가슴속에서 한 방울 한 방울
적셔 오는군요

부디 건강하시기만을
바랍니다

편지 2
— 인연

길지 않은 만남 속에서도
깊었던 정

만남으로 행복했었던 이
간혹 잊어버린 듯
옛 노래의 추억을 더듬으면

어느 순간 옆자리에 앉아 있을 듯한
가슴속 아로새겨진 이가
떠올려질 때가 있습니다

반가운 이의 건강한 목소리를 들으면
넉넉지 않은 가슴에 행복 실어 주는
싸한 미소가 기대되었던 오후

바삐 서두르며 지나치듯
흘러버린 시간들 속에서
봄은 막바지로 가고

따가운 햇볕에 일교차가 강한 요즘
날씨 탓만 하는 일상의 짜증 속에서
하루가 다 갔음에 주섬주섬 집으로 갈
채비를 하는 내게

짧고 긴 인연의 건강한 목소리가
전화벨 소리를 타고 와 반가웠습니다

E—mail

그리움 담아
꼬깃꼬깃 접어
보내던 편지

세월의 흐름 속에 많이들
변색되었다고들 하지만

하얀 백지 위에 드리우는
까만 먹물처럼
빈 곳을 메워가는 문자들 속엔
고스란히 내 그리움이 담겨
변하지 않는걸

클릭 클릭
우체부 아저씨가
전해오는 편지처럼
언제 날아들지 모르는
받은 편지함을 두드리는
자판 위의 손놀림은
가슴 설레고

그대의 이름 석 자
내 편지함에 자리할 때면
내 얼굴의 하얀 미소가
행복에 젖는다

한 권의 책

"곧 여든두 번째 생일을 맞을 당신은
여전히 아름답고 우아하며 내 가슴을
뜨겁게 합니다."

프랑스의 대표적인 좌파 철학자
앙드레 고르(Andre Gorz)의
『D에게 보내는 편지』의 한 구절이다

참으로 가슴을 뜨겁게 달아오르게
하지 않는가?

여든두 번째의 생일을 맞을 아내에 대한
뜨거운 사랑이 느껴지지 않는가 말이다

뇌종양 아내와 함께 영원한 동반을 위한
동반 자살을 선택한 그에게서
세상을 초월한 철학가의 마음이 느껴지지 않는가?

나는 이렇게 달아오르고
눈물이 울컥 쏟아질 것같이
가슴이 미어지는데

오랫동안 당신을 사랑했어요

오랫동안 당신을 사랑했어요
처음 당신을 본 순간부터
그때 내 나이
겨우 13살

지금 당신은
어디서 무얼 하며 살아가고 계시는지

당신도 나만큼이나
희끗희끗한 머릿결에
늙어 보이나요

언제나 내 마음속에선
여전히 아리따운 소녀일 뿐인데

보고 싶어요
하지만 두려워요

내가 상상했었던
그런 모습이 아닐까 봐

내가 그리워했던
수줍은 소녀가 아닐까 봐

산티
— 인도말로 평화

조용주
산티
인도에 살았던
해맑은 얼굴을 가진
거침없는 말투와 거리낌 없는
자신감을 지닌
나의 형제여

지금은 왜 말이 없는가?

감추어진 너의
나약했던 마음도
철없던 행동도
다 받아 줄 터인데

불우한 이의 등불이 되어 주던
인도 뭄바이의 어느 가난한 부락의
이방인이자 영웅이었던
나의 형제여

너의 아픔
너의 고통을 곱 삼키려
술을 마시고 또 마시고
마셔대던

고독한 영혼의 벗이 되어 줄 터인데

젊은 청춘에 먼저 가버린
말 없는 나의 형제여
그대는 후회 없을
그대의 길을
아쉬움 남김없이
갈 길 갔는가?

아직 나는 못다 한 일도
못 이룬 일도
해야 할 일들도
하고 싶은 일들도 너무나 많아
뒤척이고 있는데

그대는 마음 편히 눈을 감고
애써 하지도 않을뿐더러
이젠 모든 것들을 비워 누웠는가?

허어
그대가 선택한 길도 아닌데
내가 많이 외로운가 보다

산티
평화
그러고 보니 그대는
스스로 안식을 찾으려 했나 보다

그 아이가 보이지 않는다

아이가 보이지 않는다
휴일도 아닌데
어제도 오늘도

자분자분 반찬들을
곱게 챙겨 들고
식기에 밥을 담아주던 그 아이가

아프기라도 한 것인가
나는 걱정이 되어
밥도 넘어가지 않는다

배식대 앞에 줄을 서서 기다리며
꾸부정하게 허리를 굽혀 서 있던
하얀 가운의 다소곳한 그 아이를
기대하던 마음이 텅 빈 것만 같다

잠시 자리를 비웠을 뿐이겠지
기다림은 반도 삼키지 못한 밥숟가락을 놓고
멍하니 주위를 둘러본다

없다
그 아이가
그 어디에도

속삭이듯 미소를 지으며
금방이라도 다가올 것만 같은데

엄마의 속삭임처럼
정겨운 그 아이가 어제도 오늘도
보이지 않는다

모래알 같은 밥알을 씹으며
차마 넘길 수 없는
밥과 찬들을 남겨 놓았다

마음 둘 곳 없는 공천포 바닷가에서

어디 한 곳 마음 둘 곳 없는
제주의 밤거리엔 파도 소리만 요란하다

숙소도 주변 환경도 사람도 바뀌어 버린
낯선 거리에서 사람이 그립다

오래전의 추억이 서린 서귀포 바닷가
떠들썩한 추억에 잠길수록 외로움이 더해간다

공천포 앞바다 객꾼 하나 없는 선술집에서
10년 전 잠시 알았던 주인장과 마주 앉았다

나만이 옛 추억의 향수에 젖어 고독을 삼키고
있지 않다는 것을 위로 삼는 밤

외로운 나그네는
녹색 빛 노랗게 익어가는 귤 열매들이
신기하기만 했던 옛 추억들을
까맣게 물들어 가는 파도에 실어 보낸다

황순원의 『소나기』

어릴 적 황순원의 『소나기』를
읽고서 마치 내가 그 주인공인 양
아파했습니다

가슴 뭉클한
그런 사랑을 꿈꾸어 가면서

가끔은 빗속을 연인과 함께
달리는 꿈을 꾸기도 하고

병에 걸린 연인과 사별하는
꿈을 꾸기도 하였습니다

나이가 들어가면서
진실은 어둠을 가리고
사랑에 시린 아픔을 겪으면 겪을수록
그러한 사랑은 소설에만
존재할 뿐이라 인식하면서도

나만의 사랑을
오랫동안 간직하고 살았습니다

내게는 단 한 번 주어지지 않은
사랑이 언젠가는 찾아올 것 같아서

수채화 같은 이

저도 모르게
그이가 수채화를 닮았다는 생각이
뇌리를 스쳐 가기에
한 폭의 수채화를 그리고
싶어졌습니다

강가에 수양버들 흐드러지게 늘여 놓고
버들가지 사이로 드러난
가장자리에는 개구리 밥풀을
연녹색으로 물들여 놓았습니다

그리고
강을 둘러싼 저편 푸른 산들을
음영의 그림자로 들여놓고

강의 정중앙을 약간 벗어난 곳에는
구름 사이로 비쳐든 햇살을
은빛 물결로 드리워 놓았습니다

그런 연후에 하늘과 맞닿은 빈 곳에는
까만 먹으로 그려낸 수묵화의 여백을 더해
하얗게 비워 둡니다

그이의 여운이
여백 속에 한껏 드러날 수 있게

무정(無情)

이름 모를 들꽃 위에
당신의 얼굴
이슬에 맺히고

간간이 불어오는 바람결에
당신의 얼굴 엉키어
흘러내리면

나부끼는 꽃잎 사이로
부서지는 당신의 얼굴

당신은 이슬처럼 왔다가
바람처럼 그렇게
가버린 사람이지만

비 내리는 날
흐르는 눈물로도
씻어 내리지 못하는
당신입니다

그대는 여름 같은 사내였다

만남은 늘 어색하고
이별은 늘 아쉽다

살아가면서
늘 있어 오는 일들이지만

숙달되지 않는 것이
만남과 이별이 아니던가?

특히나 이별은 만남을
예고하지만 기약 없어
만남의 담담함보다
아쉬움이 더 큰 듯하다

마치 이별을 예견한 것일까?

유난히도 비를 오가며
변덕을 부렸던 가을이
미리부터 겨울을 맞이한다

차가운 바람이 피부를 스쳐 지나면
괜한 마음이 쓸쓸하다

지난날의 알록지는 나뭇잎들
먼 후일 마주하는 날에는
마른 잎 떨어지는 쓸쓸함보다
알록지는 단풍잎 아름드리
오롯한 얘길 나눌 수 있었음 좋겠다

떠나가는 그대를 보내며
난 잠시 그대의 지난 발자취의 향기에
젖어 본다

그대는 참으로 여름 같은 사내였다

3부

마음의 소리

4월 초파일

4월 초파일 부처님 오신 날
불교를 믿지 않아도
엄숙해지는 마음이다

절은 늘 깊은 산속
고요함을 달래며 앉았고
인간은 고뇌를 정화하며
그 고요함에 묻히기를
바란다

바람에 풍경(風磬)이 흔들리면
딸랑이는 소리에
온갖 미물이 깨어나
스스로를 일깨우고

"옴—"
새벽을 울려 퍼지는
근엄한 종소리에
깊은 인연이 저 우주를
한 몸에 받는다

소로 소로

낙엽 떨어지는 소리에
순환하는 윤회의 새싹이
파릇하게 피어나고
생과 사가 삶의 고리를 물고 돌아간다

"수리 수리 마하수리 수수리 사바하—
 수리 수리 마하수리 수수리 사바하—
 수리 수리 마하수리 수수리 사바하—"

살아오면서 또한 앞으로 또 살아가면서
얼마나 험한 말과 사술(詐術)로 남에게
상처를 입혔는지
또한 얼마나 많은 상처를 입힐 것인지

토해내었던 수많은 욕설과 독설들,
진실되지 않은 사술(詐術)들을
이젠 내 마음에서부터 접기로 하자
그리하여 곱고 아름다운 말들과 진실된 말들을
끄집어내기로 하자

좋은 말을 내뱉는다는 것은
내 마음을 정화해 가는 일이며
세상을 밝게 보는 일이다

"색즉시공(色卽是空)— 공즉시색(空卽是色)—
색향미촉법(色香味觸法)— 도일체개공(度一切皆空)—"

바라보는 것만이 전부가 아니다
보이는 것만이 전부가 아니다
느끼는 것만이 전부가 아니다
느껴야만이 전부가 아니다

마음 다스리는 일은
구분 짓지 않는 것에 있으며
순화하는 저 자연의 흐름을 따라
나를 맡겨 두는 데 있다

"아제 아제 바라아제 바라승아제―
아제 아제 바라아제 바라승아제―
아제 아제 바라아제 바라승아제―"

깨우침의 소리가 들려온다
저 언덕 너머에 손짓하는 찬연한 불빛
나의 고뇌가 잠드는 곳

바로 내 마음속에 오롯한 불빛
그곳에 저 깨우침의 언덕이 있다

죽은 자의 묘터

올 때는 몰랐지
아무도 몰랐지
나도 몰랐던 것이지

내 아비의 피를 받고
내 어미의 몸뚱어리를 빌려
오게 될 줄은

갈 때도 모르려나
순간 쓰러져
눈을 뜨면 아침인 게고
영영 아무런 의식도 없이
그렇게 어둠 속에서
나를 느끼지 못한다면
그게 저세상으로 간 게지

저세상으로 갔다는
인식조차도 할 수 없을 때
그게 간 거야

아쉬움도 서러움도 없이
억하고 정신을 놓으면

아무것도 없을 거야

주검에 드리워진
그림자 속에서 보았지
내 아비의 얼굴
내 아내의 얼굴
내 아이들의 얼굴들이
필름처럼 흘러가듯이
스쳐 지나가는 것을

그때 그렇게 눈을 감았었더라면
나는 지금 한 줌의 흙이 되었을까
아니면 한 줌의 뼈만을 남겨둔 채로
자그마한 항아리 속에서
서글피 울던 내 가족들을 기다렸을까

의식도 없을 것인데
알기라도 할까

바람이 일면
강가에 흩뿌려진
내 어미가 생각나서
내 죽어지면
어미를 따라
강가에 흩뿌려지기를
바랬었던 적도 있었는데

순간 쓰러져 영원히
눈을 뜨지 못한다면
유언조차도 할 수 없을 텐데
누가 그 강가에 흩뿌려 줄까

아니 이제는 그것도
허용되지 않는 세상이 되어 버려서
소원해도 이루어지지 않을 거냐

가난에 쫓기고
힘겨운 일에 몸살을 앓다가
한잔의 술잔에 몸을 달래었을 삼촌이
눈에 아른거린다

아무도 하지 않으려는 일들을
마다치 않았던 삼촌

행여나 쓰레기장에서나
어느 대문 앞에서 버려진
잡다한 물건들을 주워다
고치려 애쓰시던 모습 속에서
행복해하시던 기억들이
어제의 일처럼
뇌리를 스쳐 지나간다

고생만 하시다가
고생만을 하시다가
그렇게 간혹 행복을
가슴에 묻고 사시던 삼촌
삼촌은 쉰아홉의 나이 동안
행복하셨을까

한 줄기 바람처럼
잠시 왔다가 사라져가듯
화장터에 털어내는
하얀 뼛가루가 되어 사라질 때
우리들의 가슴속에선
영원히 살아 숨 쉴
죽은 자의 묘터가 꿈틀대기
시작한다

풍경(風磬) 소리

산사에 울려 퍼지는 풍경 소리는
누구를 위한 것이랍니까?

산사가 그리워
찾아가는 절 난간에 매달린 풍경은
왜이랍니까?

땡그렁~ 땡그렁~
마음 씻어 내리는
소리에 이끌려 가다 보면
산사를 만날 것 같은데

음~메 울음 하는
누렁소의 처량함은
어찌 나를 옭아매는 것입니까?

마음 덜어내기 위해
나선 산책길에
대나무 숲을 끼고 앉은
작은 암자 하나
만납니다

암자엔
풍경이 없습니다

풍경이 없어 쓸쓸한 암자에
풍경 소리 하나 들려옵니다

부처님의 깨우침을 향해
울려 퍼지는 청아한 비구니의 염불 소리가

깨달음

너무나 빨리 세상을 알아 버렸습니다
너무나 어린 나이에

아픔에 대하여
슬픔에 대하여
괴로움 대하여

그리하여 생각해 보았습니다
삶과 죽음에 대하여

그러다 보니
나의 존재에 대하여
생각하게 되더군요

그리고 나서는
존재와 또 다른 존재에 대하여

그 속에는
말로는 표현할 수 없는
무언가가 있었습니다

운명처럼
걸어가야 하는
삶의 이유가

그것이
세상 모든 것이
존재해야 할 이유이고
겪어야 할 이유라는 것을
알게 된 날부터

나는
행복해졌습니다

나와 타인 그리고
존재하는 모든 것들의
경계가 무너진 탓에

죽음의 환희

나 죽어 갈 때
저 단풍잎과 같이
빨갛게 물들이며
아름답게 죽어 갈 수
있었으면 좋겠다

나 죽을 때
저 떨어지는 낙엽과도 같이
누군가의 추억 속에
잔뜩 꿈을 심어 줄 수
있었으면 좋겠다

나 죽어 땅에 묻힐 때면
저 낙엽과도 같이
제 몸 썩혀 세상에
이로웠으면 좋겠다

나 죽어 태워져도
저 낙엽과도 같이
향긋한 향기로
누군가의 옷자락에
오래도록 기억되었으면 좋겠다

따스한 불빛에 손을 쬐며
모여드는 사람들
나의 마지막 가는 길에
흥겨운 노랫가락
신명 나게 불러 주었으면
더욱 좋겠다

그렇구나

— 산

몇 번 산을 오른 것만으로
산을 다 아는 것처럼
떠벌리고 있는 내가
산을 아는가?
고달픔을 떠나
고달픔을 만나고
정상에 올라 희열을 맛보며
나누는 점심 한때의 달콤함 속에
삶과 인생을 느꼈다고 해서 산이
인생의 전부를 일깨우는 것은 아닐진데
산과 더불어 인생을 논하는
내가 참으로 작구나
그렇구나!
산을 오르는 내가
산에 목적이 있는 것이 아니라
하산 중에 목적이 있듯이
나는 힘겨움보다
떠들썩하게 술잔을 나누며
사람 얼굴 마주하는 것이 더 좋구나
산을 올라야 맛볼 수 있는
땀 흘린 후의 짜릿함이라면
싸늘히 불어오는 바람과

정상에서만이 맛볼 수 있는
넓고 광활함과 뾰족하게 솟아 있는
기암절벽들 아래 안개처럼
흘러가는 구름들 아니겠는가?
하지만 내게는 그도 아니구나
아내의 눈치도
누군가의 염치도 볼 필요도 없이
기분 좋게 마서 대는 술잔이
마음 흥겨워 산을 오르는구나
그렇구나!
나는 산을
알음 하는 것이 아니라
산으로 하여 나의 즐거움이
무엇인가를 깨달음 하는 것이구나
그렇구나!
산을 알게 하는 것은
산을 오르는 자신이 아니라
나를 깨닫게 하는
말 없는 저 산이구나

부모를 여읜 마음은 모두가 죄인입니다
— 지인의 아픈 마음이 빨리 치유되기를 바라며

부모를 여읜 마음은
모두가 죄인입니다

언제나 마음같이
따르지 못하는 효행(孝行)은
두고두고 마음속에
상처가 되어 남아 있기 때문입니다

잊으려 않아도
잊히는 아픔이
잊은 듯
되새겨 오는 상처가 되어
돌아오기에

그렇게
평생을 추억하며
아파하며 살아가야 하는
부모를 여읜 마음은
모두가 죄인입니다

배려란

네가 되어 보는 것이다
네가 되어 생각해 보는 것이다
그리하여 너를 이해하는 것이다

그보다 앞서 내밀한
나를 들여다보는 일을
게을리하지 않아야 할 것이다

내 안의 나를 들여다보는 날이
길어지면 어느 날엔가

나에게 이런 질문을
던지는 날이 올 것이다
"내 안의 내가, 내 안에서 오는 것이냐?
내 밖에서 오는 것이냐?"

내 안의 네가
내 밖의 나와 다르지 않다는 것을
깨닫게 되는 그런 날이 온다면

내가 너를 이해하려 하지 않아도
이미 나의 마음속에는
너에 대한 배려로 가득 차
있게 될 터이기에

말하지 않아도 배려란
절로 일어나게 되는 것이다

〈누구에게나 비밀한 비밀은 있다〉란
영화를 보고서

누구나 비밀한 비밀을
간직하고 있다

드러낼 수 없는 일들
누군가에게는 감추어져야 하는 비밀

해서 아무에게도 드러낼 수 없는
비밀한 비밀을

그 누구도 알아서는 안 될
혼자 짊어지고 가야 할 나만의 비밀을

비밀한 비밀이란?
내 가장 친한 친구도
내 가장 믿을 수 있는 가족도
내 가장 존경하고 사랑하는 선후배도
내 가장 신뢰하는 은사까지도
털어놓아서는 안 되는 일이다

그들은 다른 듯하지만
하나로 연결되어 있는 존재들이기 때문이다
여섯 사람만 거쳐도 이 세상 사람들은
다 아는 사람들로 연결되어진다는
보고가 있듯이

비밀한 비밀은
감춰져야 한다
내가 죽어 사라지면 사라져야 하는
그런 것이어야 한다
그렇게 감추어져야 하는 것이다

너도 속이고, 나도 속이고
자신마저 속여야 하는
그런 비밀이어야 한다

돌아보니…

한 세상 살아가면서
궂은일도 많았고
즐거운 일도 많았다

행복한 날이 오면
불행한 날도 맞이했다

묵묵히 지낸 날도 많았지만
떠들썩하게 지낸 날도 많았다

지나온 시간들을 되짚어보면
이것과 저것의 차이는
항상 똑같았다

극과 극을 치달았던 때도 있었지만
그 또한 극에 달했을 땐 똑같았다

한없이 살다가
원 없이 간다면 좋을 터이지만

우리네 마음만은 아직도
어느 한편을 더 원한다

그러기에 싫어함은 언제나 싫고
좋아함은 언제나 좋다

때로는 싫어함과 좋아함이
바뀔 때도 있다

항상 내 마음이 같지 않기 때문이다
그러니 치우침과 과함은
우리들을 나락으로 떠밀어 낸다

서로 어울릴 수 없기 때문이다

가을의 문턱에 서 있는 나

후덥지근한 여름도 괜찮고
따갑게 내리쬐는 태양 빛도 괜찮다

이왕이면 얼어붙은 대지를
깨우고 싹을 틔우는 봄이면
더 좋다

스물의 어린 나이에는
겨울도 좋았다

추우면 껴입고
더우면 벗어버리면 되고

어느 날엔가는
가을 단풍이 좋아서
가을을 좋아했지만

내 나이
가을의 문턱에 서고 보니
스스로를 빨갛게 태우며
말라가는 계절이
서글퍼 싫어졌다

누군가는 마지막 열정을
화려하게 불사르며 지는
계절을 아름답다고 노래하였지만

최소한의 근기를 위하여
마지막 발악을 하는 것 같아
나는 싫은 것이다

하지만
부정할 수 없는
나의 이 계절에
마지막 물줄기를 길어 올리며
청춘을 꿈꾸어 왔던 나를 위해
태워 볼 일이다

별

꿈 많았던 어린 시절에는
수많은 별이 밤하늘을 빼곡히 수놓았었지
우리들의 꿈이 하나둘 사라져 갈 때
저 하늘의 별들도
하나둘 자취를 감추었지

사람들은 저 하늘의 무수한 별이
우리들의 꿈과 맞닿아 있다는 것을
알지 못하는 것 같아

아이들의 꿈들이
무디어져 가고
방황하는 몸짓으로
아파하는 모습을 바라보면서

가슴이 너무 아파
밤하늘을 올려다보았지
두 눈에 글썽이는 눈물이
얼마나 오랫동안 내가
저 하늘을 잊고 살았는지
알게 해

꿈을 잃은 작은 별들이
스스로의 목숨을 끊어낼 때마다
사람들은 무책임한 말투로
"어리석은 놈"이라 말하기도 하고
"책임 없는 놈"이라 말하기도 하며
"태어나지도 말았어야 할 놈"이라
말하기도 했지

정작 그 원인을 제공한 이가
우리들 자신이라는 것을
모르고 말이야
그럴 때마다
가슴을 헤집는 수많은 상처가
저 하늘에 흉터로 남겨진다는 것을 몰라

새벽 찬 이슬에
술이 술을 먹는 날
거리를 걷다
고층 아파트에서 새어 나오는
밤을 잃은 불빛들을 바라보았어

잠 못 이루는
아이들의 수많은 꿈이
내일로 향해 가고

저 하늘의 작은 별들은
희망의 꿈을 꾸고 있었어

퇴직을 앞두고

굳건했던 날들이 가고
새로운 물결이 나를 밀어낼 때
나는 흔들림조차 없어야 한다

당당했던 나의 길도
그래야 빛이 나는 법이지

오랫동안 버텨왔던 이 자리
스스로 박차지 못한 건
미련 많은 탓 아닌가?

나 없는 이 자리
걱정하면 무엇 하나
그 누군가로 메워질 터

힘겨움은 잠시
남은 이들의 몫으로 남겨 두자
그만큼 했으면 됐다 됐어

때가 되면 떠날 사람들은
떠나가듯이 나는 가고

너희들은 남아
너희들의 일을 해라

진실

나이가 들어가면서
세상이 귀찮아진다

어느 시인은
우리들의 가슴에 박힌
아픈 기억들을

옹이에 비유하였다
그리하여 옹이에 대한
찬미의 시를 썼다

아름다운 시가
좋았다

그런데 돌아서 생각해보니
참으로 우스꽝스러웠다

시인의 눈에는
별게 다
찬미의 대상이다 싶어서

차마 이 말은
않으려 했는데
근질거리는 입이
가만있질 못하겠다

"놀고 있네…."

상처는 찬미의 대상이 아니라
괴로움이고 고통이고
힘없는 자의 서러움이다

4부

살아서는 하나의 원을 세우고

사랑

경북 청송군 부동면 신정리엔
80살 된 딸이 103세의 노모를
모시고 산다네

삼시 세 끼니를 거르지 않고
손수 지어 공양하고

지게에 땔나무를 해다가
물을 데워 목욕시키고
대소변을 모두 받아 내는
늙은 딸의 노고를

노모는
아시는지 모르시는지
마냥 웃고만 계시네

늙어도 자식은 자식이고 부모는 부모인가 봅니다,

각박한 세상이라 말들 하지만 6.25 난리 통에 홀로된 몸으로
자식들을 길러낸 노모의 애틋한 사랑이 늙은 딸의 사랑으로 되
돌아오니 말입니다

때가 되면 상처는 아물고,
피는 다시 돈다

일을 하다 손을 찢었다
철철 흘러내리는 피에
나는 당황도 않고
실장갑에 손가락을 움켜쥔 채
상비약이 있는 곳으로 가서
붕대를 대충 동여매고
달려와 못다 한 일을
해 나간다

붕대를 밀고 나오는 피에
호들갑들 떠는 동료들
괜찮다, 괜찮아
시간이 흐르고 나면
살은 차고 피는 돈다
어여 마무리 짓고
치료는 그 후에 차분히 하지
걱정들 말게

홀연히 일을 끝내고
돌아오는 길에 움찔 따라나서는
동료들 아서라 일들 하게
나는 감세 붙들어 앉혀 놓고

돌아온 사무실에서
찬찬히 대충 동여맨 붕대를 풀고
상처 난 곳을 들여다보니
생각보다 많이 찢어져
퉁퉁 부어오른 살이
참 못생겼다

조심스레 상처 부위에 요오드를 바르고
아침이 되면 병원에 가서 몇 바늘
꿰매야겠다 했더니
전날에 붕대를 잘 동여맨 탓인지
상처가 참하게도 들러붙었다

오랜만에 바쁜 가운데 한가한 시간을 내어 글을 써 봅니다.

상처를 보면서 원효 선사의 말씀이 문득 떠올랐습니다.

"세상에 나지 않았으면 죽지도 않을 것인데, 세상에 태어나지
말지."

그렇습니다. 태어남이 없으면 죽음도 없습니다. 윤회의 끈을 끊
어내고자 하는 원효 선사의 강한 의지가 보이는 말씀이 아닐
수 없습니다.

태어남으로써 생로병사에 허덕이는 삶입니다. 극락정토에 나는 것도 좋고, 다시는 태어나지 않아도 좋은데, 나는 왜 그런지 아무리 험한 세상이라도 다시 나고 또 나고 싶습니다. 그게 바로 삶이고, 지옥이고, 극락이기 때문입니다.

못다 한 일, 못다 피운 일, 욕심 많고 허물 크지만, 뜻대로 되지 않는 세상에 그래도 살고픈, 그래도 뭔가를 못 이룬 일들에 도전하고픈, 그래서 더 이 세상에 나고 싶은 그런 마음이 저에게는 가득합니다.

해서 저는 세상이 추하지도, 아름답지도 않은 그 속에서 아름다움이 분명 존재하고 추함이 존재한다는 것에 더 흥분됩니다. 그게 세상일이니까요.

여러분들은 어떻습니까?

노자께서는 "아름다움을 아름답다 이름할 때 이미 아름다움이 아니요. 선을 선이라 이름할 때 이미 선이 아니다."라고 하였습니다. 분별이란 마음에 있기 때문입니다.

분별은 누가 짓는 것입니까?
다 내가 짓는 것입니다.

집착

잔잔한 호수에
수양버들잎 날아든다

작은 파문이 일어
멀리 퍼져 사라진다

무시로
작은 돌멩이 하나 집어
던진다

물방울이 퐁 하며 튀어 오르고
보다 큰 파문이 멀리 더 멀리
퍼져 사라진다

큰 돌멩이를 하나 집어던진다
물살이 거칠게 일어
커다란 파문이 일그러지며
퍼져 나간다

잔잔해지기까지
오랜 시간을 앉아 있어야 했다

너무 멀리 가기 전에
너무 멀어지기 전에

내 마음에 작은 돌멩이 하나
거두어 내야겠다

수양버들잎 하나
잔잔히 흘러가는 마음속
작은 파문하나 잠재워야겠다

『반야심경(般若心經)』의 뜻을 새기며

오래전, 아주 오래전이었던 것 같다
큰집 마룻바닥에 한 권의 책
'반야심경(般若心經)'이라 쓰어 있었다

읽고 또 읽고
그 뜻을 다 새기지 못해
한문도 풀어보고
한글로 되어 있는 번역문도
읽어 보고 뜻을 새겼는데
못다 새긴 마음에

몰래
큰 엄니 몰래
가슴에 책을 품고
나왔었는데

책도
그 마음도
오간 데 없다

무슨 인연인지
아직도 새기지 못한 뜻을
가슴으로 품어내고

떠벌리기 쉬운
떠벌리기 좋은
입심으로

반야의 내 짧은 지혜를
논하던 어리석음이

오늘은 어쩐지
낯부끄럽다

큰 엄니는 마음의 짐을 덜어 내려 하시는지 과거의 일들을 하나둘씩 지워내고 계십니다.
이제는 내 딸도, 나도, 내 아내도 알아보지 못하고, 간혹 생각 나시는 것이 있는지 웃기만 하십니다.

미련 많은 나그네

가끔은 길 떠나는 나그네가 되고 싶고
가끔은 잊혀진 사람이 되고 싶다

가끔은 길 떠난 끝자락에 나를 만나고 싶고
가끔은 잊혀진 전설이 되어 자유로워지고 싶다

가끔은
아주 가끔은
그렇게 나를 떠나 서 있고 싶다

나를 떠난 그 자리엔
내가 없고
나를 만나는 그 자리 또한
내가 없다는 것을
깊게 알게 하는
그런 나를 만나고 싶다

한 번쯤은 아니 한 번은
그런 나를 만나고서도
너무나 어색해서
오랫동안 외면했던
긴 시간들

가끔은 잊은 듯
너를 돌아다보는 나는

너를 찾아 떠나는 나그네이고
나를 버리고 떠나 있는 미련 많은 나이다

"산은 산이요, 물은 물이로다."라는 말을 흔히들 합니다. 다르게 말하자면 산은 산일 뿐이요, 물은 물일 뿐입니다. 그런데 사람들은 산을 여러 가지로 비유하여 말하고, 또한 물을 여러 가지로 비유하여 말하기도 합니다. 비유한다는 것은 다만 보이는 것을 설명하기 위한 하나의 방편에 불과합니다. 하지만 산을 분석하거나, 물을 분석하여 말한다면 이는 참으로 어리석은 일이 아닐 수 없습니다. 보이는 것을 있는 그대로 바라보는 눈을 가져야 합니다. 그것을 분석하려는 순간 머리는 복잡해지고, 생각은 많아집니다. 분석하는 모든 것의 결론은 '모름'입니다. 결국, 우리들은 있는 그대로를 바라보는 마음 하나를 붙잡기 위해 떠도는 나그네일 뿐입니다.

삼월이면

오늘도 한 친구를 떠나보내고
나는 남겨지는구나

여타한 마음이라면
내가 가고 네가 남겨져야 옳은 것을

우리 술이라도 한잔하자꾸나
오래지 않은 시간이나마 쌓인 정

언제 누가 또 오가게 될지
우리는 알지 못하고

번거로운 마음에도
너는 참으로 담담히 떠나가는구나

바람이 몹시 차다
삼월이면 어김없이 불어오누나

그러고 보니

작년에 너를 맞이하고
내 곁에 한 이를 보냈는데

재작년에도,
그 재작년에도

나는 얼마나 또 누군가를
맞이하고 보내야 하는 것인지

내가 떠나가는 날
나는 나를 보내고서야

더 이상의 누군가를 떠나보내는
서글픔에서 벗어나게 되리라

잘 가게

그간 함께여서 즐거웠네

이별하는 모든 것은 아름다워야 합니다. 그러나 사람의 마음이
어디 그렇기만 할까만은 헤어짐의 서글픔보다 다시 만날 때 반
갑게 맞이할 수 있는 이별이라면, 아름다울 수 있지 않을까 합
니다.

빈 마음

팍팍한 일상의 탈출이라

간만에 찾아온 외부 교육

늦은 시간의 시작이라
한가한 아침을 목욕탕에서
느긋하게 보내고
아침밥을 먹고 나섰다

간만에 만나는 지하철
갈아타야 하는 서면 2호선

어라!
지하철 벽에
시(詩)들이

아!
저놈
저 시

마음에 닿는다

아기가 얼마나 작은지
손가락을 펴보면 알 수 있다.

아기가 집을 떠났을 때
집안이 텅 비어 버렸다.

작은 아기가
마음에 얼마나 크게 자리하였는지
함께였을 땐
몰랐다는 것이겠지

마음이란 것
그런 것이었구나

쌈장
— 부처님 오신 날 정토원에서 잊지 못할 너를 만났다

오이 가지에 묻어서 내 손을 따라오고
고추 가지에 매달려서 내 입을 향하던
넌 어디서 왔니

한 그릇도 버거운 양의 밥도
세 그릇이나 배를 채우게 한
넌 어디서 왔니

어릴 적 내 엄니가 구들장에
메주를 띄워 만들어 내고
엿 지름을 달근하게 끓여낸
조청을 섞어 만든 고추장에
덤으로 담그던
메주 고추장을 닮은
죽은 내 엄니의 손맛처럼
빈 마음에 행복 가득 채워 놓은
넌 어디서 왔니

너의 가슴에 고추도 묻어놓고
마늘도 묻어놓고 오래 오래도록
내 밥상 위에 올려놓고 싶은
넌 어디서 왔니

너를 만나고 행복해했던 나의 마음을
너의 주인에게 전해주렴
정말 행복했었던 하루였다고

정여 스님의 법문(法門) 속에서
나는 이와 같이 들었다

정여 주지 스님의 법문(法門) 속에서
나는 이와 같이 들었다

이이도, 저이도
그이도 다 아미타(阿彌陀) 부처의 화신으로
태어나는 날
나 역시도 아미타 부처가 되어 태어나게 되는
것이다

또한 나는 이와 같이 들었다
자면서도, 화장실에 가면서도
일어설 때도, 앉을 때도
아미타 부처님의 법력을 믿고서
가슴에 품고 산다면
모두가 다 아미타 부처가 되어 태어나고
나 역시도 아미타 부처가 되어 태어나게
되는 것이다

또한 나는 이와 같이 들었다
내 이웃, 내 가족
그리고 먼 이웃들에게 있어서
베풀어 가는 삶을 산다면
내 마음 밝히어
아미타 부처의 길로
들어서게 함이다

내 마음에 여유 없음

술을 좋아라 하니
술친구가 찾아오고

말하기를 좋아하니
농을 잘하는 친구가 찾아온다

탁구를 좋아하니
항상 함께하는 친구가 나를 기다리고

여행하기를 좋아하니
길 나서기를 좋아하는 이가
나를 부른다

술을 잠시 멀리하는 날
술친구가 떠나가고

침묵하던 날
농을 잘하는 친구가 떠나가고

탁구를 잠시 접으니
기다리는 이도 없어지고

여행을 접으니
길 나서는 이도 연락이 두절되어 버렸다

언제 우리가
그러했느냐는 듯이

다가서면
멀어지는 이

함께였을 땐
몰랐던 서러움들

이제라도
살아가면서

바쁨을 핑계 삼지도
여유 없음을 핑계 삼지도 말며

그리울 때
틈틈이 전화 넣고

스쳐 지날 때
인사말 한마디 건네는

마음에 작은 여유 하나
남겨 놓아야겠다

위법망구(爲法忘軀)
— 법을 위하여 몸을 아끼지 않는다

누구나 여리디 여린 마음 감추고 산다
누구나 비밀한 비밀 하나 간직하고 산다
누구나 거짓한 마음 하나 간직하고 산다
누구나 잘못된 일들 아파하며 산다

아파하여 서글픈 이여
곱씹어도 지워지지 않는
수많은 상처들

그 모든 게 어디서 온 것인가?
덧없어라

이 세상 모든 일들 덧없으니(諸行無常)
그것은 곧 나고 죽는 법이라네(是生滅法)
생사의 갈등이 사라지고 나면(生滅滅己)
모든 것이 열반의 기쁨이어라(寂滅爲樂)
―『열반경(涅槃經)』사구게(四句偈)

이 한 뜻 마음에 새기지 못하고
이 한 몸 아껴 하여 그 뜻을 세우지 못하는
어리석은 자여

저 부처님은 부처 되기 전생에
부처님의 이러한 법을 듣기 위해
위법망구 자신을 던졌느니라

불교든, 기독교든, 힌두교든 누구나 자신만의 종교를 하나씩 가지고 삽니다. 어떤 이는 종교를 갖고 있지 않다고 말합니다. 그리고 자신만을 믿을 뿐이라고 말합니다. 어찌 되었든 그 모든 것들이 하나의 믿음에서 시작됩니다. 그 믿음이란 것을 결정하는 것이 중요합니다. 다만 위법망구, 나의 믿음에 대해 흔들리지 않는 굳건한 마음이 중요합니다. 자신을 지탱할 수 있는 믿음 하나씩 가지십시오.

나는 빈손으로 왔지만

나는 빈손으로 왔지만
그대가 있어 두 손에 삶의 연장을 듭니다

나는 빈 가슴으로 왔지만
그대가 있어 가슴 가득 행복으로 채워 넣습니다

나는 빈 몸으로 왔지만
그대가 있어 따스한 온기의 옷을 입습니다

나는 빈 마음으로 왔지만
그대가 있어 사랑을 채워 갑니다

한때는 고요한 등불 아래
오롯한 순백의 영혼으로
나를 비워 냈지만

세상을 안고 살아가야 하는
이 길을 굳이 택하여 살아가는 것은
그대를 사랑하기 때문입니다

밤 깊은 밤

정원을 거닐 듯
홀로 떠도는 밤

정토원 앞마당과 뒤뜰로
산책을 나섰습니다

뉘신가?
기척도 없이

돌아보니
가로등 불빛
흔들거리는
내 그림자뿐

홀로된 거리에서 마주하게 되는 인기척에 겁을 먹고 돌아보면
내 그림자일 뿐입니다. 마음이 불안정하면 그림자에도 놀라듯
이 마음의 번잡한 생각들을 걷어 내야겠습니다. 마음이란 것은
거짓도 참이라고 믿게 하는 이상한 존재이니 말입니다.

상(像)

자리에서 눈을 떠
멍하니 앉으니
이게 나구나

자리를 털고 일어나
푸석한 얼굴
거울에 비쳐들고

퉁퉁 부은 눈두덩
거무스름한 눈동자
이게 나구나

멀리 바다가 보이는
창가에 기대어서

일렁이는 그림자
은빛 물결에 실려 가는
이게 나구나

'인생무상(人生無常)'이란 말이 있습니다.

오늘의 내가 내일에는 내가 아니고 어제의 내가 오늘에는 내가 아니기 때문입니다.

또한, 찰나에 머물러 있는 나를 나라고 지칭하는 순간부터 이미 상은 흩어지고 없는 또 다른 찰나의 나를 만나게 되기 때문입니다.

하지만 어제의 내가 오늘을 만들어 내듯이 우리는 찰나에 열정을 쏟아야 합니다.

어제의 나에 머물지 말아야 한다는 것입니다.

그리하여 모든 집착하는 것에서 벗어나 마음이 하는 일들을 오직 해 나갈 뿐입니다.

산다는 게 별거랍니까

산다는 게 별거랍니까
배가 고프면 밥을 먹고
화장실에 가고프면 화장실에 가고
잠이 오면, 잠을 자고
추우면 옷을 덧입고
더우면 옷을 벗어젖히고

산다는 게 별거랍니까
직장에 나가서
내 앞에 주어진 일 열심히 하면 되고
열심히 해도 안 되는 일
꾸지람 한 번 들으면 되고
돈이야 적게 벌든 말든
버는 만큼 맞추어 살면 되고

산다는 게 별거랍니까
미운 이 고운 이 따질 것 없이
오는 대로 가는 대로
만나면 만나고
헤어지면 헤어지고
때려죽여도 보기 싫은 이
아니 볼 수 없으면

못 본 척, 안 본 척
있는 둥, 마는 둥
지나쳐 버리면 되고

산다는 게 별거랍니까
부모님께 공양하고
내 가족 사랑하고
이웃하는 이에게 인사 잘하고
내 몸 하나 건강하면 되고

산다는 게 별거랍니까
잘나고 못나고 시시비비 가릴 것 없이
그런 양 저런 양
마음 한번 비워내면 그뿐

누군가는 승진하고
누군가는 좌천되고
누군가는 월급을 많이 받고
누군가는 월급을 적게 받고
누군가는 잘해도 욕 들어 먹고
누군가는 못해도 잘 비벼서 사랑받고
그런저런 것 따질 게 무어랍니까

아니라 해도 내 마음의 욕심이요
내 마음의 애착인 것을
마음 아파할 것이 무어 있겠습니까?
다 내 할 도리다
다 내 못난 탓이다 여기며
허허 웃음 한 번 지으면 그뿐

바보처럼 웃으며
생각 없이 살다 보면
마음 한 자락 비워지는 것을요

살아서는 하나의 원을 세우고,
죽어서는 원 없이 가게 하라

살아가면서는 하나의 원을 세워
살게 하고

죽을 때에는 원 없는
길을 가게 하라

죽고 사는 것보다
더 큰 일이 어디 있겠는가?

살아서는
인연법이 다 공이니
비유비무(非有非無)* 그 하나를
깨닫게 하고

마음속 오롯한
삶도 죽음도 없는
해탈한 마음으로
세상에 나아가게 하라

행동은 늘 다짐에
미치지 못할지라도
마음 시리도록

다짐하여

오직 한 분
석가모니 부처님의 법을 따라
살게 하고

무량수(無量壽) 무량광(無量光)
아미타 부처님을
깊이 새겨

세상에 나투시는 모든 아미타
부처님께 감사하고 보은하라

죽고 사는 것이
중할진대

어찌 허투루 살 것인가

살아서는 이와 같이 원을 세우고
죽음 앞에서는 밝은 지혜로서
원 없이 가게 하라

---

* 비유비무(非有非無): 유(有)와 무(無)의 극단을 떠나 현상을 있는 그대로 직
  관하는 지혜를 나타내는 말.

나는 예전에 이런 법문(法門)을 들었다

어둑한 새벽을
하얀 돌 불빛 삼아
만만치 않은 범어사 원효암을 오르던
지긋한 할머니와 불편한 다리를
이끌던 젊은 아낙

어떠한 신심이
그들을 매일같이 저토록
힘겨운 길을 오르게 하는지

안타까운 마음에
감탄사가 절로 인다

문득문득 떠오르는
노스님의 말씀이
뇌리를 스친다

스님 말씀이
"내 가족 건강 바라는 이
내 남편 사업 번창 바라는 이
내 아이 좋은 대학 가기를 바라는 이
관세음보살 나무아미타불을

열심히 암송(暗誦)하다 보면
자연스레 이루어지게 마련이다."

왜 그런가?
건강은 스스로 지켜가야 하고
사업은 주변의 형세와 운이 따라야 하는 것이고
공부는 자식이 하는 것인데
관세음보살 나무아미타불을 왼다고
달라질 게 무엇인가…?

스님께서 이어 말씀하시기를
"관세음보살 나무아미타불을
반복적으로 외다 보면
간절한 바람도 없어지고
오직 무념의 상태의 나를 만나게 되고
그러다 보면 내 마음의 평온함을 갖게 되니
자연스레 가족뿐만 아니라
내 주변의 사람에게까지 미쳐
마침내는 모두가 평온한 마음을 갖게 되어
만사가 형통하게 된다." 하심이다

말빚
— 『대승기신론(大乘起信論)』을 읽으며 화두 하나 품는다

말빚이란 것
그게 무엇을 의미하는 것인지 몰랐다

남에게 상처 주는 말
남을 흄하는 말
남을 속이는 말
남을 꾀이는 말
남을 흉보는 말
남을 업신여기는 말
남을 구박하는 말

그리고 윽박지르기
함부로 욕하기
신경질적으로 짜증 내기

상대방의 말을 외면하며
속된 말로 비웃음을 짓는
오묘한 행위의 무언의 말들

뱉은 대로
받는 것이 세상의 이치이듯
내 그와 같은 말들을 해대었을 때

가슴 아파하지 않은 적 있었던가?

내 그와 같은 말들을 늘어놓고
후회하지 않은 적 있었던가?

매일같이 순간순간
머리로 가슴으로 온몸으로
나를 일깨워 두 번, 세 번 반복하는
구업의 죄를 짓지 않도록 해야겠다

또한
옳지 않은 것들을 옳은 양
남을 칭찬하는 말도

잘 알지도 못하면서
잘 아는 척 훈계하는 말도

장담할 수 없는 것들을 장담하거나
약속하지 말아야겠다

말빚을 짓지 않는다는 건

나 스스로 나서서 할 수 없는 일이라면
침묵하는 일이다

나를 속여 내는 잣대

작은 것은 큰 것에 미치지 못하고
큰 것은 작은 것에 미치지 못한다고 한다

아주 큰 것은 끝이 없다 하고
아주 적은 것 또한 끝이 없다 한다

작음이 큼을 이루어내고
큼이 허물어져 작음을 드러낼 뿐인데…?
이와 같이 의문하는 분별은 또 분별을
만들어 낸다

저 광대한 우주를 보라
저 우주의 바깥 아주 먼 곳에서는
이 광대함도 한낱 작은 돌멩이에
지나지 않는데

크고 작음의 잣대는
어디서 오는 것인가

없음은 있음의 대비요
선은 악의 대비요
어둠은 밝음의 대비라 함은 무엇인가?

알지 못하였는가?
애초, 그 대비조차 하나에서
온 것임을

아주 멀리만 보려 하고
아주 가까이만 보려 한 탓으로
모든 것은 상대적인 이면에 감추어져
나를 속여 낸다는 것을

아!
마음은 참과 거짓의 분별 망상에 빠져
나를 잘도 속여 내었구나

깨달음은 실천이요, 잊어버림이다

앎은 잊어버리는 것이라 하던가?

알아 갈수록 잊어버리는 것
이는 망각이 아니라
참된 진리와 한 몸이 되는 일이다

참된 진리를 깨우친다는 것은
아는 것이 아니라
행하는 것이기에
잊고 또 잊고 잊어야 하는 것이다

"아! 이것이다!"라고 다가왔을 때
이는 진리에 대한 이치를 깨달았을 뿐
참된 깨우침은 아니다

참된 깨우침은

"아! 이것이다."라고 다가왔을 때
그 진리와 짝하는 일이며
그 진리를 따라
행하고 행하는 가운데
그 존재의 자체조차도

잊어버리는 일이다

해서 바라건대

깨우침이 거저 앎에 그치지 않기를
해서 항상 깨어 있기를
깨어 있어 진리에 다가서기를
해서 참된 진리가 내 안에서
녹아내려 잊어버리기를

언제나 나는 스스로에게
바란다

노자의 『도덕경(道德經)』에 참된 앎은 잊어버리는 일이라고 합
니다.

칼에 능한 백정은 소의 살을 발라냄에 있어 그 살결을 거스르
지 않기에 십 년이든 이십 년이든 그 칼날이 닳지 않는다고 합
니다.

진리란 그와 같이 세상에 나아가되 세상을 거스르지 않아 거
칠 것 없으니 영원히 변치 않는 참된 도리를 말함이 아닌가 여
겨봅니다.

온몸으로 열어가는 신심 깊은 불자들을
바라보며

온몸으로 부딪힐 때
억수 같은 장대비도
내리쬐는 햇살도
하루를 유(留)해야 하는 먼 거리도
신심(信心) 깊은 이의 행보를 저지할 수는
없는 일이다

그저
마음만으로
눈에 비친 것만으로
불도의 세계를 바라보는
어리석은 행자(行者)야

몸을 사르고
마음을 불사르는
신심을 어찌 알 것인가

법이니
지혜니
머리에 든 지식으로
떠들지 마라
온몸으로

열어가는 저 신심이야말로
진실한 법이요
지혜인 것을

믿음이 없고서야
어찌 신심을 일으킬 것이며
믿음이 없고서야
어찌 마음을 불사를 수 있을 것이며
믿음이 없고서야
온몸으로 나아갈 수 있을 것인가

어리석은 행자야
대지 위의 나무를 보아도 알 것인데
보아라 들어라
나뭇잎도
가지도
줄기도
모두 쓰러져 가도
뿌리가 살았으면 모두 산 것처럼
온몸으로 부딪혀 가는
신심은 그 뿌리와도 같으니라

자신을 만들어가는 지혜
— 아미타경소 출판을 감축드리며

지하철 난간
시 한 편, 한 구절이
뇌리에 박혀 있다

"나무는 겨울이면 자신을 말린다."

왜일까?

시 구절에는 답이 없다

버림에 대한 고귀함만을
이야기할 뿐이다

그리고 나무는 겨울에
자신을 말리지 않는다

자신을 말리는 것은
가을부터 마른 잎 떨구며
겨울을 맞이하기까지이다

겨울을 준비하는 붙박이 나무의
처절하고도 비정한 버림이다
버림으로써 얻게 되는 삶
(얼어버리고서는 자신을 살릴 길 없는
애절한 선택인 것이다.)

기나긴 겨울이 지나고
따스한 햇볕이 비추면
녹아내리는 개울가 물소리에
눈을 떠

메말랐던 몸에
조금씩 물 길어 올리며
속을 채워가는 근기는
파릇하고 여린 잎을 생산해 낸다

오랜 세월 나무는
번복하고 반목하는 오류 속에서
그러한 지혜를 얻었으리라

정목 스님의 아미타경소 출판 기념에 즈음하여, 철저히 버림으
로써 얻게 되는 지혜에 대하여 잠시 생각해 봅니다.

세상사 모든 일이 일상 속
마음 하나에 걸려 있네

아침에 눈을 뜨고
밥을 먹고
회사를 나서고
일하고
퇴근하고
잠을 잔다

푸석한 아침일지라도
밥상머리에 앉아 밥 먹는 일에
진중하게 먹노라면
찬 없는 밥상이라도
감사하는 마음으로 달게 먹고

집을 나서 회사로 나아갈 때
주저함이 없으면
싫어함이 없네

회사에 당도하여
일에 성심을 다하면
시간 가는 줄 모르고

퇴근하여
때론 탁구장으로
때론 술집으로
때론 곧장 집으로 향하는 일에
꺼리는 일 없이 마음 가는 대로
즐거운 마음이 앞서니
태평스러운 마음
내일을 걱정 않네

잠자리에 들어서는
세상이야 어찌 돌아가던
알 바 없이 쓰러지고

나를 깨우는
아내의 목소리에
아침을 맞이하네

세상사 오고 감이
쳇바퀴 도는
굴레에 매였다 하나

마음이야
걱정이야
저 혼자 일어서고 쓰러지니

기웃거리는 마음도
혹여 하는 마음도
모두 다 경계 안에 갇혀있는
저 너머 이야기

마음 가는 그곳이
내가 노니는 곳이요
처하는 곳이니

일상에 오가는 일들
일체가 다 마음 하나에
걸려 있는 것을

일심즉일도(一心卽一道)
— 지극한 마음은 도와 통한다

오래전에 이런 이야기를 들었습니다
정신일도(精神一到)면 하사불성(何事不成)이라는

예전에 한 선비가 살았답니다
그 선비가 저잣거리에서 길을 가다가
험악한 누군가와 부딪혔습니다

그 험악한 사람은 선비의 사과도 받지 않고
다짜고짜로 결투를 신청합니다

알고 보니 그 험악한 사람은
당대 제일의 무사로 성질이 사납기로
이름이 나 있는 사람입니다

결투 날을 십여 일을 남겨두고
선비는 홀어머니를 걱정하게 됩니다
'내가 죽고 나면 어머니는 누가 보살피지…'

선비는 몇 날 며칠을 고민하다가
전설적인 무사를 찾아갑니다

그 무사에게 자신의 처지를 이야기하고
도와줄 것을 간청합니다

그 무사는
"당신이 할 줄 아는 게 학문을 닦는 것 외에
무엇을 할 수 있는가?"라고 묻습니다

선비는
"어머니를 봉양하기 위해 차를 따르는 것 외에
크게 달리 할 수 있는 것이 없습니다."라고 대답
합니다

그 무사는
"내게 차를 한 잔 따라 보시오."라고 하자

선비는 조심스럽게
찻물을 달여 무사에게 따릅니다

무사는 그의 그러한 모습에서
하나의 조언을 합니다

"차를 달이고 따르듯이
결투 날 가서 아무런 생각 없이
그저 칼을 높이 뽑아 드시오."
라고 일러 주었습니다

선비는 그게 무슨 소용인가? 하고
의구심만 가지고 돌아와 결투 날만
기다립니다

결투 날이 되어 결투장에 나간
선비는 전설의 무사가 가르쳐준 대로
당대 제일의 무사와 마주한 채
아무런 생각도 없이
오직 차를 따르는 마음으로
칼을 높이 들어 올린 채 가만히
서 있었습니다

그러자 갑자기 당대 제일의 무사가
칼을 땅에 떨어뜨리며 무릎을 꿇고
자신의 잘못된 행동에 용서를 구합니다

어찌된 일인지 선비는
아무것도 모른 채
살았다는 생각으로 집으로 돌아옵니다

전설적인 무사는 선비가 차를 달이고 따르는
모습 속에서 무엇을 발견한 것일까요?

당대 제일의 무사는 선비의 높이 처든
한 치의 흔들림 없는 모습 속에서
자신이 파고들 빈틈을 발견하지 못한 채
압도된 것입니다

일념(一念), 즉 일심(一心)이 곧 도로 통한다는
말이 실감 나는 이야기입니다

『일기일회(一期一會)』

— 책을 읽으며

법정 스님의 법문집(法門集)
『일기일회(一期一會)』를 읽는다
틈틈이 버스 안에서
화장실에서

"책 읽기에 많은 시간을
할애할 수 없는 나의 책 읽기 법이다."

머리로 눈으로 가슴으로
단 한 줄의 구절만을
읽어 내려갈 수 있는 시간일지라도
책을 펼쳐 보는 나의 습관은
오래전부터 배인 터라

읽고 새긴 자리
또 읽고 지나가는
건망증에도
새롭게 다가오는 느낌이 좋아
나름 그렇게 습관 들였는지도
모른다

때론 여유 없음으로 비껴간
산행과 독서

여유 없음이란
몸 바쁨보다 마음 바쁨이
더 큰 이유란 것을
깨달았을 때

마음 비워 놓기로
여유를 찾으며 산행과 독서를
나의 생활 속으로 들여놓은 것은
내게 커다란 복이다

법정 스님의 법문집『일기일회(一期一會)』의
내용에 "추우면 추위가 되고
더우면 더위가 돼라."는 그 구절이
아마도 이와 같은 것은 아닐까?

있음도 없고 없음도 없는
경계는 아마 그 생활 속에 묻혔을 때
경계는 사라지고, 너와 내가 없는
하나의 마음이 되는 것은 아닐까?

화장실 문이 열린다
놀란 가슴에 문고리를 잡고
"아빠, 아빠가 있다." 애걸하듯
소리친다

딸애는 무덤덤하게
"응."
한마디 남기고 사라진다